Mi mamá
Anthony Browne

LOS ESPECIALES DE
A la orilla del viento

FONDO DE CULTURA ECONÓMICA
MÉXICO

Es linda mi mamá.

Mi mamá es una fantástica cocinera

y una excelente malabarista.

Es una gran pintora,

¡y es la mujer MÁS FUERTE del mundo!

¡Sí que es linda mi mamá!

Mi mamá es una jardinera mágica;
puede hacer que CUALQUIER COSA crezca.

Y es un hada buena;
cuando estoy triste puede hacerme feliz.

Puede cantar como ángel

y rugir como león.

¡Sí que es linda, MUY LINDA, mi mamá!

Mi mamá es tan bella como una mariposa,

y tan acogedora
como un
sillón.

Es suave como un gatito,

y enérgica como un rinoceronte.

¡Sí que es linda, LINDA,
MUY LINDA, mi mamá!

Mi mamá podría ser bailarina,

o astronauta.

Podría ser estrella de cine,

o la gran jefa... pero es MI mamá.

¡Es una SUPERMAMÁ!

Y me hace reír mucho.

Yo quiero a mi mamá.
Y, ¿saben qué?

¡ELLA ME QUIERE A MÍ!

(y siempre me querrá).